VENTE

Des Vendredi 19 et Samedi 20 Février 1909

HOTEL DROUOT, SALLE N° 11

A DEUX HEURES

❦

OBJETS D'ART

ET

DE CURIOSITÉ

TABLEAUX

APPARTENANT A M. X...

PROVENANT DE H. STETTINER

COMMISSAIRE-PRISEUR

Mᵉ LAIR=DUBREUIL

6, rue Favart

EXPERTS

MM. MANNHEIM

7, rue Saint-Georges

MM. PAULME & B. LASQUIN Fils

10, rue Chauchat | 12, rue Laffitte

CATALOGUE

DES

OBJETS D'ART

ET

DE CURIOSITÉ

TABLEAUX

OBJETS DE VITRINE

ARMES, OBJETS VARIÉS, SCULPTURES

BRONZES, MEUBLES

ÉTOFFES — TAPISSERIES

Appartenant à M. X...

ET DONT LA VENTE AURA LIEU, A PARIS

HOTEL DROUOT, SALLE N° 11

Les Vendredi 19 et Samedi 20 Février 1909

A deux heures

COMMISSAIRE-PRISEUR

Mᵉ F. LAIR-DUBREUIL, 6, rue Favart

EXPERTS

MM. MANNHEIM	MM. PAULME & B. LASQUIN fils
7, rue Saint-Georges, 7	10, rue Chauchat	12, rue Laffitte

EXPOSITION PUBLIQUE

Le Jeudi 18 Février 1909, de 1 heure 1/2 à 5 h. 1/2

CONDITIONS DE LA VENTE

La vente sera faite au comptant.

Les adjudicataires paieront *dix pour cent* en sus des enchères.

ORDRE DES VACATIONS

Le Vendredi 19 Février 1909

Tableaux. Objets de vitrine. Partie des Objets divers.

Le Samedi 20 Février 1909

Fin des Objets divers. Armes. Sculptures. Bronzes. Meubles. Étoffes. Tapisseries.

Paris. — Imp. de l'Art, Ch. Berger, 41, rue de la Victoire.

DÉSIGNATION

TABLEAUX

ECOLE ALLEMANDE (xvi⁰ siècle)

1 — *Saint Jérôme.*

> Fond de paysage.
> Bois.

ÉCOLE ANGLAISE

2 — *Portrait de Femme debout dans un parc.*

> Toile.

ÉCOLE ANGLAISE

3 — *Paysage avec figures.*

> Toile.

ÉCOLE ANGLAISE

4 — *Portrait de Femme.*

> Toile ovale.

ÉCOLE ANGLAISE

5 — *Intérieur d'écurie.*

    Toile.

ÉCOLE ANGLAISE

6 — *Bergers et moutons.*

    Panneau.

BOILLY (D'après JULES)

7 — *Le Cabaret. — Le Jeu de l'écarté.*

    Deux lithographies.

BRÉE (P.-J. VAN)

8 — *Le Portrait.*

    Toile.

COCHIN ET LA TOUR (D'après)

9 — *Portrait de Monsieur Paris de Mont-martel.*

    Gouache signée : *Sené du Care, citoyen de Genève.*

DEBUCOURT

10 — *Cosaques au bivac.*

    Gravure en couleurs, d'après VERNET.

DELHOSPITAL

11 — *Portrait d'Homme tenant un pli.*

Toile de forme ovale.
Signée et datée : *1783.*

DESFOSSÉS (D'après)

12 — *La Reine annonçant à Madame de Belle-
garde, etc...*

Gravure encadrée.

ÉCOLE FLAMANDE

13 — *David et Bethsabée.*

Bois.

ÉCOLE FRANÇAISE (XVIIIe siècle)

14 — *Ruines romaines.*

Gouache de forme ovale.

ÉCOLE FRANÇAISE (XVIIIe siècle)

15 — *Portrait de Femme.*

Toile.
Cadre en bois sculpté.

ÉCOLE FRANÇAISE (XVIIIe siècle)

16 — *La Main chaude.*

Peinture décorative pour dessus de porte.
Toile.

ÉCOLE FRANÇAISE (xviiie siècle)

17 — *Portrait de Femme.*

Pastel.

ÉCOLE FRANÇAISE (xviie siècle)

18 — *Portrait présumé de Marie-Thérèse.*

Dessin pastellé.
Cadre en bois sculpté.

ÉCOLE FRANÇAISE (xviiie siècle)

19 — *Dessus de porte, grisailles.*

Cinq toiles de forme ovale ou rectangulaire.

ÉCOLE FRANÇAISE (xviiie siècle)

20 — *Portrait d'un Peintre.*

Toile.
Signature illisible et datée.

ÉCOLE FRANÇAISE

21 — *Portrait d'Homme assis.*

Toile.

ÉCOLE FRANÇAISE

22 — *Les Adieux au prisonnier.*

Toile.

ÉCOLE FRANÇAISE

23 — *Angélique et Médor.*

> Toile.
> Cadre ancien en bois sculpté.

ÉCOLE FRANÇAISE

24 — *Portrait de Femme.*

> Toile.
> Cadre en bois sculpté.

ÉCOLE FRANÇAISE

25 — *Portrait d'Homme.*

> Toile.
> Cadre en bois sculpté.

ÉCOLE FRANÇAISE

26 — *La Musique.*

> Toile décorative ; dessus de porte.

HOLBEIN (D'après)

27 — *Portrait d'Homme.*

> Petite peinture encadrée.

ÉCOLE HOLLANDAISE

28 — *Bergère et animaux.*

> Bois.

ÉCOLE HOLLANDAISE (xviiie siècle)

29 — *Paysage montagneux avec cours d'eau et bateaux.*

> Gouache.

ÉCOLE HOLLANDAISE

30 — *Buveur.*

> Miniature.
> Cadre en bois sculpté.

ÉCOLE HOLLANDAISE

31 — *Intérieur à personnages.*

> Toile.

ÉCOLE HOLLANDAISE

32 — *Portrait de Femme.*

> Toile.

ÉCOLE HOLLANDAISE

33 — *Portraits d'Homme et de Femme.*

> Toiles.
> Deux pendants.

ÉCOLE HOLLANDAISE

34 — *Intérieur, scène de famille.*

> Toile.
> Cadre ancien en bois sculpté.

ÉCOLE HOLLANDAISE

35 — *Portrait d'Homme.*

Toile.

ÉCOLE HOLLANDAISE

36 — *Paysage, animaux et personnages.*

Toile.

ISABEY (Genre)

37 — *Portrail de Jeune Homme sur une terrasse.*

Dessin au crayon.

ÉCOLE ITALIENNE

38 — *Paysage avec personnage.*

Toile.

Beau cadre ancien en bois sculpté.

ÉCOLE ITALIENNE

39 — *Sainte Madeleine.*

Toile.

Cadre ancien en bois sculpté.

ÉCOLE ITALIENNE (xviiie siècle)

40 — *Portrait d'Homme en cuirasse.*

Toile.

Cadre en bois sculpté.

2

LIMNELLI, 1810

41 — *Audience du pape.*

>Aquarelle signée et datée.

PANINI (Attribué à)

42 — *Termes de Titus à Rome, avec person-*
nages.

>Toile.

PANINI (Attribué à)

43 — *Vue d'un palais avec personnages.*

>Toile.

ROWLANDSON

44 — *Captain Bowling.*

>Gravure en couleurs, d'après SINGLETON.

SHEERBOOM (ANDRÉ)

45 — *Chez l'amateur.*

>Toile signée et datée : *1871.*

TENIERS (D'après)

46 — *Intérieur de tabagie.*

>Toile.
>Cadre en ancien bois sculpté.

WHEATLEY ET WESTALL (D'après)

47 — *Les Moissonneurs effrayés par l'orage.*

— *Rustic employement.*

Deux gravures en couleurs.

48-49 — Sous ces numéros, les tableaux ou dessins non catalogués.

50-51 — Sous ces numéros, encadrement d'almanach, lot de vignettes et gravures.

OBJETS DE VITRINE

52 — Quatre petites plaques en cuivre filigrané, avec cabochons.

53 — Très petit buste de femme en corne sculptée.

54 — Peigne enrichi de strass.

55 — Quatre petits médaillons, à sujets saints en léger relief. Argent doré.

56 — Manche de couteau en argent partiellement émaillé.

57 — Trente-huit jetons de présence en argent.

58 — Lorgnette, composée de plaques d'agate montées en or. XVIIIe siècle.

59 — Béquille de canne en cristal, montée en or ajouré et ciselé : rocailles et personnages. Epoque Louis XV.

60 — Deux couteaux, lames acier et argent, manches en nacre. Gaine en galuchat.

61 — Quatre cuillers hollandaises en argent, manches ornés de personnages. xviiie siècle.

62 — Petite croix en bois sculpté. Travail du Liban.

63 — Petite tasse avec soucoupe émaillée sur cuivre, à l'imitation de cabochons, fond blanc.

64 — Trois colonnettes, cristal de roche, avec chapiteaux et bases de bronze doré. xviie siècle.

65 — Trois petits bustes variés en jaspe, agate et cristal de roche.

66 — Deux petits médaillons ovales, émaillés sur cuivre, l'un, à trois personnages, l'autre, présentant un sacrifice à l'amour, en grisaille.

67 — Figurine d'apôtre debout en argent doré.

68 — Camée-agate rond, sujet de chasse, de style antique; cercle de cuivre.

69 — Salière en émail de Battersea.

70 — Montre en cuivre doré, de *Bréguet*, à *Paris*. Fin du xviiie siècle.

71 — Salière ovale Louis XVI en cuivre argenté.

72 — Montre en argent : sujet de bataille. Cadran à figures mobiles.

73 — Lorgnette en cuivre et émail à fond bleu. Signée : *Adams, London*.

74 — Petite coupe en jade vert de la Chine.

75 — Médaillon, orné d'un buste d'homme. XVIIe siècle. Encadré.

76 — Petite lorgnette, nacre et cuivre.

77 — Petit cadre en corne, à figures d'anges. XVIIe siècle.

78 — Deux tabatières et deux flacons formés de fruits sculptés. XVIIIe siècle.

79 — Petit cadre, orné de demi-perles montées argent.

80 — Bracelet en or, décoré de quatre petits émaux sur or : enfants.

81 — Collier formé de quatorze camées coquilles montés en bas argent.

82 — Deux pommes de cannes en argent : personnages et chevrons.

83 — Deux médaillons en biscuit, à fond bleu; montures en acier.

84 — Huit épingles de cravate variées, dont quatre montées or et trois montées argent.

85 — Breloque-cassolette émaillée sur argent, ornée de deux têtes de nègres.

86 — Camée-agate : Ganymède; monture or.

87 — Deux boucles d'oreilles, formées chacune d'un camée-agate à tête humaine; monture en argent doré.

88 — Camée-agate, tête de Bacchus. Cadre en argent doré.

89 — Trois petits émaux sur or, présentant des bustes et des sujets saints.

90 — Pièce de monnaie d'or.

91 — Bijou-pendeloque en or émaillé, orné d'un camée coquille : Léda et le cygne.

92 — Autre plus petit, orné d'un camée-agate.

93 — Médaillon-pendeloque ovale, à sujet symbolique. Cercle de cuivre.

94 — Petit médaillon ovale en grisaille. Cercle de cuivre.

95 — Six petits cadres variés, pour miniatures, en or.

96 — Etui-souvenir orné de deux médaillons, l'un simulant un camée, l'autre en grisaille, fond vert; garniture de bas or.

97 — Deux figurines de personnages grotesques en or. XVIIe siècle.

98 — Boîte ronde en bois, revêtu de cuivre, avec émail sur le couvercle.

99 — Boîte simulant un carrosse, émaillée sur cuivre. XVIIIe siècle.

100 — Petite boîte ovale en cuivre partiellement émaillé.

101 — Boîte ronde en écaille, ornée d'une miniature simulant un camée : Portraits de Louis XVI et Marie-Antoinette. Signée : *de Gault*, en caractères grecs.

102 — Boîte en bois noir, ornée d'une miniature : Portrait de femme.

103 — Petit dessin rond : Amazone.

104 — Boîte en or émaillée en plein sur toutes
ses faces et présentant des sujets galants
ainsi que des paysages animés.

105 — Boîte ovale en or de couleur ciselé, partiellement émaillée à personnages et enrichie
de plaques d'agate herborisée.

106 — Éventail en ivoire, décoré au vernis :
sujet de style antique. Au revers, le Jeu de
volant.

107 — Éventail à monture de nacre sculptée,
ajourée et partiellement dorée, du temps de
Louis XV ; feuille de la fin du XVIIIe siècle,
orné de trois médaillons : ruines et pay-
sages.

108 — Éventail à monture d'ivoire sculpté,
ajouré et partiellement doré ; feuille pail-
letée : sujet galant et attributs de l'amour.
Époque Louis XVI.

109 — Miniature ovale : Portrait de femme.
Signée : *Foch, 1803.* Cadre en or et demi-
perles.

110 — Miniature ronde : Jeune femme au clavecin. Époque Louis XVI.

111 — Miniature ronde : Portrait de femme en costume Louis XVI.

112 — Miniature ronde : Prise de la Bastille. Cadre en argent.

113-114 — Neuf miniatures variées.

115 — Miniature ronde : Portrait de jeune femme vêtue de bleu. Signée : *Thiboust*. Époque Empire.

116 — Miniature ovale : Portrait de femme en buste, vêtue de blanc.

117 — Miniature ronde : Portrait de femme en corsage bleu décolleté. Époque Louis XVI.

118 — Support en bois, orné de miniatures et d'étoiles de cuivre.

119 — Trois miniatures sous verre. Encadrées.

OBJETS DIVERS

120 — Poêle rond en faïence, à fleurs, du xviiie siècle.

121 — Treize petits vitraux variés, des xviie et xviiie siècles.

122 — Sept fragments de vitraux.

123 — Plaque en cuivre champlevé et émaillé, ornée d'une figure de saint, en cuivre repoussé.

124 — Couvercle de coupe en émail peint en grisaille. Limoges, xvie siècle. Il est décoré de têtes et de figures mythologiques.

125 — Fragment de coupe en ancien émail de Venise.

126 — Bas-relief en métal : la Cène.

127 — Petit plateau orné d'une armoirie en bois sculpté.

128 — Cinq clés variées.

129 — Trousse, composée d'un couteau et d'une fourchette à manche d'os, dans une gaîne en bois sculpté, à figures, avec la date : *1599*.

130 — Grattoir à poignée d'ivoire et lame de fer doré. XVIIᵉ siècle.

131 — Trousse formée d'une gaine en cuir noir, contenant un couteau et une fourchette à poignée de jaspe et garniture d'or.

132 — Cuiller, couteau et fourchette en argent et filigranes. Avec écrin. XVIIIᵉ siècle.

133 — Matrice en corne. Datée : *1770*.

134 — Brasero en cuivre repoussé, à guirlandes et mufles de lions.

135 — Levrette en plomb.

136 — Encrier, muni d'un briquet en fer gravé et cuivre. XVIIIᵉ siècle.

137 — Moulin à café, du XVIIIᵉ siècle.

138 — Coffret revêtu de fer, à réseau gothique.

139 — Coffret en bois, incrusté d'os gravé à fleurettes.

140 — Coffret en bois sculpté et ajouré. Travail du Jura.

141 — Coffret en fer ciselé, à paysage animé, sur fond doré.

142 — Boîte, à deux compartiments, de forme ovale, en ivoire, garnie d'argent.

143 — Deux flambeaux émaillés sur cuivre, décor de fleurs. xviiie siècle.

144 — Coffret en cuivre, orné de médaillons émaillés, à fond bleu.

145 — Plaque en cuivre doré : le Christ de gloire. Encadrement orné d'émaux champlevés.

146 — Médaillon ovale : l'Assomption. Email peint de Limoges, *atelier des Laudin.* xviie siècle.

147 — Pupitre, garni de marqueterie de cuivre et d'étain.

148 — Nécessaire de voyage incomplet, avec garniture d'argent. Commencement du xixe siècle.

149 — Cave à liqueurs, garniture de cuivre. Commencement du xixe siècle.

150 — Petit encadrement, à volets, en fer argenté et doré à fleurettes.

151 — Deux petits cadres ovales en cuivre.

152 — Cadre de miroir en marqueterie de cuivre, sur chêne. XVIIe siècle.

153 — Cadre italien de forme architecturale en bois sculpté et doré.

154 — Cadre, surmonté d'un fronton, en bois sculpté.

155 — Cadre en bois sculpté et doré à feuillages.

156 — Cadre, à cannelures de cuivre repoussé, monté sur bois.

157 — Petite étagère-applique de bois de placage et marqueterie.

158 — Bourse en cuir, brodée d'argent. XVIIIe siècle.

159 — Aumônière en velours, avec broderie d'argent. XVIIIe siècle.

160 — Bas-relief sans fond en ivoire : Saint Sébastien. XVIIe siècle. Cadre en bois noir.

161-164 — Huit socles variés en marbre blanc et de couleur. (Seront divisés.)

165 — Socle carré en marbre rouge griotte et bronze doré, à fleurettes.

166 — Instrument de nivellement en cuivre.

167 — Autre instrument de nivellement, du xviiie siècle, en cuivre gravé. Signé : *Macquart, à Paris*.

168 — Compas en bronze, du xviiie siècle.

169 — Quatre cannes, à pommes d'argent, du xviiie siècle.

170 — Deux médaillons en argent : intérieurs d'ateliers.

171 — Deux plateaux ovales en argent ajouré, à rinceaux. Allemagne, xviie siècle.

172 — Deux autres, ornés de pièces d'eau. Allemagne, xviie siècle.

173 — Coupe ovale, ornée de fleurs, en argent. Allemagne, xviiie siècle.

174 — Petit coquetier ajouré, à guirlandes, en argent.

175 — Ciboire en argent partiellement doré, à rinceaux et mascarons. Allemagne, xviie siècle.

176 — Calice en argent, orné de têtes de chérubins. xviiie siècle.

177 — Deux flambeaux en argent, tiges et bases à pans, à décor de palmettes. xviiie siècle.

178 — Deux salières doubles en argent ajouré. Commencement du xixe siècle. Chiffrées.

179 — Porte-huilier en argent. Commencement du xixe siècle.

180 — Confiturier en argent ajouré, avec récipient en cristal. Commencement du xixe siècle.

181 — Jardinière double en argent. Commencement du xixe siècle.

182 — Bénitier, du xviiie siècle, en cuivre doré, et argent, orné d'une figure : la Vierge de gloire.

183 — Croix processionnelle, revêtue de cuivre, présentant le Christ et les symboles des évangélistes. xve siècle.

184 — Calice en cuivre doré, pied gravé avec inscription.

185 — Calice en cuivre doré, base découpée.

186 — Ciboire en cuivre, à décor de mascarons. xviie siècle.

187 — Ostensoir en cuivre, garni de corail. Travail italien du xviiie siècle.

188 — Tableau de sainteté analogue.

189 — Deux paires de sandales orientales.

190 — Coupe persane en cuivre, ornée d'une inscription.

191 — Pied de chandelier en métal dit bidri.

192 — Grande aiguière en cuivre gravé de la Perse.

193 — Chandelier oriental en cuivre gravé.

194 — Miroir dans une monture en jade, avec incrustations d'or et de cabochons d'émail. Travail indien.

195 — Coupe libatoire en agate mamelonnée de la Chine.

196 — Petite coupe en jade gris de la Chine.

197 — Sceptre de mandarin en jade gris de la Chine.

198 — Plateau rond en émail de Canton.

199 — Grosse théière, avec réchaud, en émail de Canton.

200 — Cantine en laque d'or du Japon, à décor d'habitations.

201 — Inro en laque du Japon.

ARMES

202 — Pulvérin, à gros godrons, en cuir noir et fer. XVIIe siècle.

203 — Pulvérin, garni de fer gravé à l'eau-forte. XVIIe siècle.

204 — Poignard, à poignée en fer, du XVIIe siècle.

205 — Coutelas, à poignée de bois, avec incrustations de bois et de nacre. XVIIe siècle.

206 — Masse d'armes en bronze.

207 — Poignard, à poignée de fer, avec pommeau à tête d'animal.

208 — Deux épées, à gardes de fer dorées, du temps de Louis XV.

209 — Fusil de chasse, du XVIIIe siècle, de *Simon, à Paris*. Plaque de couche et garnitures en argent. Transformé en fusil à piston.

210 — Poignard, monture bronze et nacre. Commencement du XIXe siècle.

211 — Kathar indien, avec fourreau.

212 — Poignard oriental, à manche de jade, avec fourreau.

213 — Kama, à manche de cuivre, avec cabochons, fourreau de velours, garni de cuivre.

SCULPTURES

214 — Cinq bas-reliefs en albâtre, à sujets tirés de la Vie du Christ. Ancien travail espagnol.

215 — Bas-relief en marbre blanc : la Vierge et l'Enfant Jésus. Travail italien.

216 — Bas-relief en marbre blanc, présentant un médaillon-buste porté par deux amours.

217 — Buste en marbre, grandeur nature, de personnage portant une peau de lion.

218 — Buste en marbre, grandeur nature, de personnage barbu.

219 — Buste en marbre, plus grand que nature, de femme coiffée à l'antique.

220 — Buste en terre cuite, grandeur nature, femme drapée à l'antique, la tête tournée vers l'épaule gauche.

221 — Deux figurines d'anges en prières sur des motifs en forme de cornes d'abondance; bois sculpté. XVIIe siècle.

222-223 — Fort lot de fragments en pierre sculptée, présentant un buste, des rinceaux et des moulures. XVIe siècle.

224 — Quatre bustes d'hommes en terre cuite dorée.

225 — Deux cariatides de femmes vêtues à l'égyptienne en terre cuite.

226 — Vase en terre cuite, orné d'une bacchanale en relief.

227 — Groupe en terre cuite : satyre accompagné de petits bacchants. Portant le nom de *Clodion*.

228 — Groupe-applique en bois sculpté et peint : Sainte Anne, la Vierge et l'Enfant Jésus. XVIe siècle.

229 — Statuette-applique de Diacre en bois sculpté.

230 — Groupe-applique : la Vierge portant l'Enfant Jésus ; bois avec traces de peinture. XVIe siècle.

231 — Statuette-applique de sainte femme debout en bois sculpté, avec traces de peinture.

232 — Haut relief : *Pieta;* bois avec traces de peinture. xvie siècle.

233 — Statuette-applique en chêne, provenant d'une Flagellation. xviie siècle.

234 — Statuette-applique : ange debout. xviie siècle.

235 — Petit groupe en bois peint : la Vierge debout portant l'Enfant Jésus. xvie siècle.

236 — Fragment de statuette de sainte femme en bois peint.

237 — Fragment d'une Adoration des Mages en bois sculpté et peint. xvie siècle.

238 — Statuette de saint personnage debout sous un dais. Bois peint.

239 — Quatre montants à cariatides en bois sculpté, du xviie siècle.

BRONZES

240 — Sonnette en métal de cloche, à décor d'armoiries et chimères, avec inscriptions. Italie, xvie siècle.

241 — Baiser de paix en bronze : l'Ensevelissement du Christ. Italie, xvie siècle.

242 — Petite tête de satyre en bronze patiné, du xvie siècle.

243 — Mufle de lion en bronze patiné, de la fin du xvie siècle.

244 — Quatre mascarons en bronze doré.

245 — Huit bras de lumières en bronze doré.

246 — Sonnette en métal de cloche. xviie siècle.

247 — Petite horloge de table cylindrique en cuivre gravé, du xviie siècle.

248 — Horloge de table en cuivre gravé, en forme de monument. Allemagne. xviie siècle.

249 — Support, de forme contournée, en bronze doré, à rocailles. xviiie siècle.

250 — Lot de poignées, entrées de serrures et figurines·appliques, à rocailles. Bronze doré.

251 — Deux flambeaux, du xviiie siècle, en bronze argenté, à cannelures torses.

252 — Deux autres analogues. xviiie siècle.

253 — Petit flambeau bas en bronze. Commencement du xixe siècle.

254 — Treize figurines et deux bustes en bronze doré. xviie siècle.

255 — Lot de collerettes de vases et de chutes en bronze doré.

256 — Petit buste de Platon en bronze patiné. Base en marbre bleu-turquin. Epoque Louis XVI.

257 — Statuette en bronze patiné : Narcisse debout.

258 — Statuette de Mercure debout en bronze patiné, sur base en bronze et marbre. Commencement du xixe siècle.

259 — Pendule en bronze patiné et doré : Narcisse se mirant dans la fontaine. Commencement du xixe siècle.

260 — Petite pendule-borne en bronze doré, ornée de deux médaillons en biscuit. Commencement du xixe siècle.

261 — Grande pendule en bronze doré et marbre vert de mer, à sujet allégorique, avec légende : « Sans peur et sans reproche. » Commencement du xixe siècle.

262 — Statuette en bronze patiné, présentant une muse.

263 — Bas-relief en bronze : portrait d'Aristote. Cadre en bois doré.

264 — Bas-relief sans fond en bronze : buste du Christ dans une couronne de feuilles.

265 — Jeu en bronze, composé de deux roues sur une base à rocailles.

266 — Encrier orné d'une coquille supportée par un aigle en bronze doré.

267 — Encensoir en bronze.

268 — Deux petits chandeliers, à broche, en bronze, genre roman.

269 — Deux petits cadres ronds en bronze.

270 — Support hexagone, porté par six lions. Bronze.

271 — Partie de serrure, ornée de bronze. XVIIIe siècle.

272 — Boîte à épices en bronze argenté.

273 — Figurine de personnage accroupi et masqué, de style antique, en bronze patiné, sur un petit socle en marbre.

274 — Encrier triangulaire, muni de deux récipients et orné d'une figurine sur un dauphin. Bronze patiné.

275 — Six petits chandeliers à broches en bronze.

276 — Statuette d'empereur romain en bronze doré.

277 — Quatre petits bustes d'empereurs romains en bronze patiné. Bases en marbre blanc. Époque Louis XVI.

278 — Deux supports cylindriques en céramique blanche avec dorure, montures en bronze.

279 — Cygne supportant une statuette à corps, terminé en feuillages. Bronze patiné.

280 — Petit cache-pot en bronze de la Chine.

281 — Vase en bronze incrusté d'argent. Travail de la Chine.

282 — Vase en bronze de la Chine.

MEUBLES

283 — Miroir dans un cadre en bois sculpté et doré. Époque Louis XIV.

284 — Miroir de forme contournée, encadrement de verre et bronze.

285 — Trumeau-glace en bois sculpté et peint, d'époque Louis XVI, avec peinture en grisaille : ornements.

286 — Console en bois sculpté et doré, à rocailles ; dessus de marbre blanc. XVIIIe siècle.

287 — Deux meubles à hauteur d'appui en laque noire et or, à paysages ; garnitures de bronze ; dessus de marbre.

288 — Deux chaises en bois sculpté et doré, à rocailles, du XVIIIe siècle, couvertes en damas vert.

289 — Chaise longue en bois sculpté et peint noir.

290 — Autre, analogue, en bois naturel.

291 — Deux chaises en bois sculpté, à rocailles, du temps de Louis XV, couvertes en damas vert.

292 — Tabouret en bois doré, couvert en tapisserie au point, à fleurs et animaux.

293 — Fauteuil en bois sculpté, à quadrillés et
rocailles, du temps de la Régence ; siège et
dossier cannés.

294 — Lot de sièges cannés et fragments.

295 — Trois meubles à hauteur d'appui, munis
chacun d'une porte en ancienne laque de
Coromandel.

296 — Petit paravent à six feuilles en satin **noir**
brodé : attributs et guirlandes.

297 — Guéridon octogone, à dessus de mosaïque
d'albâtre, de granit orbiculaire de Corse, etc.

ÉTOFFES, TAPISSERIES

298 — Petit panneau en broderie de soie et de
métal : la Crèche. Italie, xvie siècle. Cadre
de forme architecturale en bois peint et doré.

299 — Garniture de lit en drap vert, avec appli-
cations de tapisserie au point.

3oo — Deux longues bandes de lampas, à dessin blanc sur fond rouge.

3o1 — Tapisserie flamande du xviie siècle : verdure avec bordure à mascarons. — Haut., 3 m. 20 cent.; larg., 3 m. 10 cent.

3o2 — Tapisserie de Bruxelles du xviie siècle, signée : *Ian de Strycker*, à sujet symbolique, à nombreux personnages, avec bordure de trois côtés à fruits et figures. — Haut., 3 m. 35 cent.; larg., 4 m. 5o cent.

3o3 — Deux bandes, ornées de trophées et armoiries, en tapisserie du xviie siècle.

3o4 — Feuille d'écran en tapisserie d'Aubusson du temps de Louis XVI; médaillon ovale, sujet pastoral sur fond crème, avec chute et gerbe de fleurs; contre-fond bleu avec festons fleuris.

3o5 — Lot de bordures de tapisserie à fond rouge, à dessin de figures, inscriptions et armoiries.

3o6 — Lot de fragments de tapisseries et d'étoffe.

le tout f 3000–

Med Lette 1500–